JN325157

濤声叢書第二十三篇

歌集

篁の風

星谷　孝彦

現代短歌社

序

歌集『篁の風』の著者、星谷孝彦さんは昨年縁あって「濤声」に入会された。その後、以前より詠み溜めていた歌を歌集にまとめたいとの申し出により、濤声叢書の一つとしてこの度の上梓となった。入会して未だ日の浅い人の申し出を快く承諾し、叢書に加えたのは会員であればという基本的な考えによるものだが、第一印象の穏やかな風貌と預けられた草稿が著者そのものの良さを見せる、洵に好ましいものであったからに他ならない。

星谷さんの歌歴や入会の経緯に就いて少し紹介させて頂く。私の古い友人であった「菩提樹」の日比谷洋子さんの教室に学んだ人で、一時期「菩提樹」の会員でもあった。その認識は以前より私にはあったが、同じ伊豆の出身であることも早くから親近感をもっており、こうした人と人との縁を歌縁というならば、私はその歌縁を大切にしたいという思いが常々あった。この度の上梓が星谷さんにとって大きな歓びになるとしたら、それは私にとっても濤声にとっても喜ばしいことである。星谷孝彦さんの第一歌集『篁の風』の出版を今、心よりお祝い申し上げたい。
本集は、伊豆という温暖な地に生まれ育った人の持つ順直さ、企業人としての理知、また農人としての篤実さなど、著者の多面な人間性の窺われるもので、それぞれの立場からの佳詠も多く見られる。特に男性ならではの職場詠に人間としての苦悩や、また大きな歓びも見え、感銘を覚えさせられた。海外詠がかなりあるが、いずれも観光というより出張によるものらしく、印象としては少々希薄な面もあるが、時には思いがけない発見もあり、著者の日常の彩りになっているようだ。ほぼ編年体で編まれた集の年代に関りなく、思いつくまま抄出してみよう。先ず農を通して故郷や家族への思いを詠む歌より。

みかん畑に積もる枯葉を踏む音の響きやはらぐ　春来たるらし

（昭和六十三年）

十尺に伸びし櫟の並ぶ山静かに秋の霧に埋（うづ）もる

エンジンの音震はせて草を刈る雨後をうつらふ山肌の霧

日曜を農夫となりて草刈りぬ若葉の風に吹かれながらに
安値とふみかんの春肥置き終へて汗ばむ頬に風のそよ吹く
父ははが汗し植ゑたる蜜柑の樹チェンソー当てていま伐らむとす

（平成元年）

椎茸の駒持つ手をば擦りつつ母と打ちたり雪の記憶に
国策に沿ひて植ゑたる蜜柑の木三十年経れば伐るが国策

（平成二年）

浮かばざる短歌（うた）の一語を探しゐる畑に茂れる草を刈りつつ
二時間ほど雨のあがるを待ちてゐし工夫ら「明日だ」と吐き捨てて去（い）ぬ

日曜大工ならぬ日曜農夫を自認する著者だが、農の仕事は趣味ではない。幼い頃より母の傍らにいて、蜜柑や椎茸の栽培を手伝ってきた、根っからの農夫なのである。それだけに詠む歌には真実味があり訴える力がある。農家として国の政策への批判も静かながら見え、平成元年という時代を思い起させる。
家族への情の深さ、特に父母に対する優しさは、星谷孝彦という一個の人間のもつ本質であり、当然のことながら他者への心の広がりとなっているようだ。
そうしたものを思わせる多くの歌が散見される職場詠より抽く。

一語づつ言葉選びて顧客への謝罪書きをり冬の夜降（よくだ）ち　（昭和六十三年）

ユーザーの苦情の電話に一言を敬語としたりやや間をおきて
課長への示達を受けて朝刊の過労死の文字がわが目を過る　（平成二年）
ふはふはと雲に乗るがに光りたる課長の椅子の肘付きに座す
業績悪化を話す朝礼思ひつつ青信号待つ雨降るなかを
三人の部下を減らせといふ指示に心つひやす眠れぬままに　（平成三年）
玄関の鏡に向ひ曲がりたるネクタイ直す期首の朝戸出
我が性は企業人には向かざると惑ふ心に夕の冷え増す
生真面目に働くは悪はつたりで利益上ぐれば良き企業人か
製品の機能試験を終へて書く書類に明けのひかり射し来る
減益に工場長は減給を管理者我らに重く切り出す　（平成五年）

定年をあと七年と心待つ我は企業の戦士にあらず
居残ると決めて心の定まりぬ退職募集の期限午後五時
あと二人の部下削減に迷ひつつ寝就かむときを窓に降る雨
（平成六年）

平成六年という時代、世の不況は多くの企業が人員削減という苦しい現実に曝された。著者も又その矢おもてに立ち、中間管理者の役目として通達する立ち場に立たされた。そうした苦悩の時を経て平成十一年に次のような歌を詠まれている。

功ありと表彰状を読み聞かす社長の前に心の震ふ
（平成十一年）

ぴつたりと足に合ひ来し地下足袋を捨て難ければ破れしを履く
足に合ふ地下足袋履けば忽ちにストレスの消ゆこの一週間の
何事もなくて寝過ごす日曜の妻の寝顔を眺めて楽し

いずれも実直で温かい人間性の窺える歌で、ご夫婦の幸せな日常が楽しい。
本集には仕事上の出張と思われる多くの海外詠がある。普通の観光旅行とは異なり、ゆっくり風物を楽しむ、といったものではないが、好奇心をもって著者なりのわくわく感を覗かせている歌にも出会う。出張という意識が働くのか初期の「中国出張」など何となく遠慮がちな感じがあり、それが心細さにつながる表現となっているように思う。平成十二年の「中国行」から四首を。

水道の水を飲むなと中国へ出張の朝妻の言ふなり　（広州）

喧嘩せる如くに弾く広州のホテルのロビーに聞く中国語

広州の田舎は牛馬と人が住み都会は電話片手に若きらが行く

黒々と濁る川辺の井戸水を喉鳴らし飲む広州の男

初の中国出張から十五年経ての中国の現状がよく捉えられている。それからまた十五年経っての現在の中国の変りようは、星谷さんにとって感慨深いものがあろう。

出張先のロシアでの歌「核ミサイル」四首は怒りを抑えた中に大きな危惧を孕み、米露の冷戦時代の恐怖を蘇らせる。

アメリカに向けて二万の核尖る廃棄資金の無き大国に　（平成四年）
尖り立つ核ミサイルをさらしつつ横手なぶりの吹雪強まる
空にらみ核高々と尖り立つ廃棄資金を持たぬロシアに
核管理失せて残りし核二万人為暴発の危機強まらむ

その他海外詠は多いが省くことにして、家庭人としての著者、肉親への心情に近づいてみよう。目についたままに抽く。

朝四時を逝きにける母臨終を診するなきこと許させ給へ
寝ねしまま痛みに耐ふる母の面瞑れば浮かぶ菊香る忌に
学び舎を都に決めし末の子が就職のこともつそりと言ふ
望みゐし旅行の仕事に就きし妻発ちゆく背なに朝日かがやく
旅を売る職の苦楽を人情を妻は知るらしこの一年に
肺癌の進みてゐるを言へぬまま見てをり草引く小さき父の背
人の為より楽なる道をといふ主張淋しみて聞く激論の後

家よりも己が自由に羽ばたけと子に教へしはわれにしあれば

家継ぐが務めならずと子に言ひし自らを悔ゆ風寒き夜

次ぎに「濤声」誌上に発表した平成二十六年の作より抄く。真摯さと謙虚さを具えた著者ならではの佳詠と思う。

古納屋の屋根に積りてゆくならむ止むとしもなく夜半を雪降る

音潜め重たく雪の頻降(しき)る夜(よ)　目覚むれば遠く竹割るるおと

一夜さに庭を埋めたる積雪を掻くさへ難し伊豆人われは

胸ぬちにわれのみの知る光あり企業人なる我の人生(ひとよ)に

戦場に臨む心か二首をもて身をば晒せりけふの歌会に

歌の良き悪しきを言はす師の言葉霧晴るるごとわれは聴きをり

作歌年数は長いが機会がなく、この度古希を記念するという機会を得て漸く上梓を果した星谷さんである。心身共に健康であることも今後の進展が大いに期待される。この人間味豊かな歌集『篁の風』が、歌壇の多くの方々の清鑑を得られることを、著者共々心より願い長きに堕した拙文の筆を擱く。

平成二十七年四月一日
桜咲く日に

温井松代

目次

昭和六十三年

平成元年

平成二年

篁の風

芭蕉の滝

昭和六十年

夕光に煌く眩し白銀の芭蕉の滝の厚き氷結

道尽きて朽ち木の奥にしろじろと芭蕉の滝の
厚く凍れる

黒々と天城嶺聳ゆ川端のキャンプの子らの声
の透り来

父母

雨のやや小降りとなれる靖国の玉砂利踏めば
音の身に沁む

記憶なき父の齢を十も超え靖国神社に礼(ゐや)をして辞す

亡き父の齢を超えて踏む砂利の音の響けり一歩一歩に

われが手を貸すはかなはぬリウマチの苦痛に耐ふる母の声重し

母の個室の窓を開くればあぢさゐの花青暗し
雨の降りつつ

日々小感

出張の一日事無く雨の窓に東京タワーのネオ
ンが明し

明日をなす仕事の手順思ひつつ日曜日を激しき雨に草刈る

消毒を欠かさず収穫迎へたるみかんにラジオは安値を伝ふ

霧雨に烟るくぬぎの山の平（ひら）草刈るに残す百合の芽ひとつ

駅伝のたすき摑みて迫りくる子の顰(しか)め顔に汗の光れる

中国出張

昭和六十一年

瀋陽のホテルの庭の根雪踏み深々と吸ふ朝の
空気を

樹の元に根雪の残る空港の道踏めば吹く風の
冷たし

約違へ迎へのをらぬ空港の冬のロビーに呆然
と立つ

如何ならむ事跡写ししや奥殿の明帝用ゐし金
の鏡は　　　　　　　　　　　　　（故宮にて）

緑背に立つ十三陵の大朱柱触るれば往古の栄
華偲ばる

「明日帰国」と文字に示せば中国の友らしきりに「再来」と書く

入院

目覚めゐるわれに清けき声かけて看護婦朝の検温に来る

忙中に諸事為すことの楽しさを入院三日目に
知りたり我は

甲府

昭和六十二年

無人駅に停まれば電車の音止みてひとときは高し遅蟬の声

勝頼が攻め下りたる峡道をひとり電車に揺られて登る

山越えて街の広がる武士が国築きし甲府は間
近となれり

連なりて隘路を越ゆる騎馬武者を心に紅葉の
御坂路下る

スウェーデンへ

雲海の切れ間に光るオランダは四方に運河の
延びて船浮く

雲厚く降下しゆくに暗々と窓に激しく雨の打
ちつく

二十時間座したる機より降りたてるストック
ホルムは寒き雨降る

二度三度聞きてやうやく覚えたる小さき街の
名オトベラベルグ

オペレーターに英語やうやく通じ得て妻の小
さく声を弾ます

片言の英語通じてステーキを街の小さきレス
トランに食む

二月には零下三十度になるといふスウェーデ
ンの家の壁厚くして

打ち続く畑に作るは薯のみとスウェーデンの
友言ふことば静かに

街を行けど東洋人に会ふはなくストックホル
ムの秋遅き夕

馬鈴薯の続く食にも馴れてきつ三週間もの出張なれば

娘

娘（こ）の笑顔少なくなりて凍てし夜を本繰る音す入試近づく

有美子の名がありしと昼を知らせ来る妻の電
話の弾みたる声

通学の手段と決めし自転車の赤の冴えたり娘(こ)
が乗る朝を

埋めたてて海に迫りし石垣の根石に青く藻の
生ひ茂る

農に勤しむ

昭和六十三年

みかん畑に積もる枯葉を踏む音の響きやはらぐ　春来たるらし

十尺に伸びし櫟の並ぶ山静かに秋の霧に埋（うづ）もる

エンジンの音震はせて草を刈る雨後をうつらふ山肌の霧

日曜を農夫となりて草刈りぬ若葉の風に吹かれながらに

絶ゆるなく仕事のあるを幸ひと思へば冬吹く風さへ温し

安値とふみかんの春肥置き終へて汗ばむ頬に
風のそよ吹く

異国

百四十キロを指せる我が車をいと易く抜く車
ありドイツの道路

カップルの肩寄せ合ひてキス交す人混むドイ
ツの真昼の歩道

草履はき肩いからせて街歩くシンガポールの
若きＯＬ

片言に横浜に居しとふ踊り子の話すにくろき
瞳かがやく

マカロニを探しホテルで揚げて食むパンに飽きたる異国の食事
（シンガポール）

冬の夜

雪踏みて巡りし尾瀬の懐かしも降り初む氷雨の音聞きをれば

一語づつ言葉選びて顧客への謝罪書きをり冬の夜降(よくだ)ち

ユーザーの苦情の電話に一言を敬語としたりやや間をおきて

大卒の新入社員にレポートの誤字をことさら強く指摘す

ユーザーの強き苦情の浮かびきて梅雨の夜更
けの眠り妨ぐ

花の雫

平成元年

光射す白壁を背に石楠花の咲きさかりたり燃えたつごとく

しやくやくの青葉をぬらし糠雨の雫ま白く光りて落ちる

ふつくらと重なり咲けるあぢさゐに触るれば
やはし霧に濡れつつ

父ははが汗し植ゑたる蜜柑の樹チェンソー当
てていま伐らむとす

椎茸の駒持つ手をば擦りつつ母と打ちたり雪
の記憶に

スイスよりタイへ

道白く並ぶ緑に赤き屋根おもちゃのごときスイスの民家

谷深く流れしままに凍りたる氷河の白く朝の陽に輝る

ジャングルを右と左に打ち分けてうねり動かぬメコンの大河

金箔を纏ひ聳ゆるラマ寺塔今しも煌き栄華を偲ぶ

金色に光りて深き空を突く寺塔にタイの往古を偲ぶ

我が乗れる舟に舟当て果実売るタイの媼の深
き手の皺

グリーンランド

雲海と見紛ふ程に白銀のグリーンランドはう
ねりて眩し

頂に雪を僅かに掲げゐて尖るソ連の黒深き山

しらしらと凍り尖れる頂を身を締めて見つソ
連領にて

葉の落ちし樹林を挟み凍りたる耕地に白く夕
光ひかる

リウマチの母

リウマチの膝痛まずと手術後の母がやうやく
笑みを漏らせり

われを呼ぶ「おおい」と母の声細し　音もな
く降る冬の夜(よ)の雨

褒めらるることにはあらね田を売らむ母の費
用の一部にせむと

リウマチの母の看護の請求書広げて妻は長き
を黙す

通帳の残は終へしとことさらに強く妻言ふ支
払前夜

世は金が全てではなしと言ひつつも金が全て
と思へる今宵

流氷の如く大金出でゆけり子等の学費と母の
看護費

自由を

平成二年

自由とふ光求めて鉄柵に手を取り縋るあはれ親と子

「反乱軍は死か降伏のみ」と声高に荒むアキノの顔の強張る

声強く反乱軍に声明せるアキノの顔の黒くくぼめる

銃口に晒され叫ぶ若きらに与へよ永遠に自由なる暮らし

ブカレストの地下のまま暗きトンネルの映りて独裁の政治晒さる

失脚の噂うすれしゴルバチョフなほ改革を目指せつづけよ

和平調印のペン渡し合ひゴルバチョフ強くブッシュの手を握りたり

握る手を強く二度振る両首脳米ソ大国つひに結ばる

モンゴルも共産主義破棄を決めたりと晴れた
る朝の車中に聞きぬ

フセインを「偽者」と決めつけ声高むブッシ
ュの額の太き深皺

居合道

居合道の初段証書にくろぐろと墨新しく我が
名の躍る

何処かに見掛けし女性と思ふ間にバックミラ
ーより忽ちを消ゆ

一流の企業戦士か最終の新幹線にメモ取る男

課長となる

課長への示達を受けて朝刊の過労死の文字が
わが目を過る

ふはふはと雲に乗るがに光りたる課長の椅子の肘付きに座す

業績悪化を話す朝礼思ひつつ青信号待つ雨降るなかを

雨の夜を残務し居れば山の上のホテルのあかり机上にとどく

雨なれば

雨降りの休日子らと麻雀を暫し取り合ふ　事なきひと日

国策に沿ひて植ゑたる蜜柑の木三十年経れば伐るが国策

浮かばざる短歌(うた)の一語を探しゐる畑に茂れる
草を刈りつつ

忙しき程に短歌は成るものと語彙選びゐる草
刈る道に

二時間ほど雨のあがるを待ちてゐし工夫ら
「明日だ」と吐き捨てて去(い)ぬ

戦ひに

平成三年

新しき部下と言ひ合ひ乾きたる胸に沁みきて夜半の雨音

花冷えの机に一人居残りて来期に減らす部下を選りをり

三人の部下を減らせといふ指示に心つひやす
眠れぬままに

迷ひつつ転課の部下を選らむとす小雨は寒く
止むるともなく

玄関の鏡に向ひ曲がりたるネクタイ直す期首
の朝戸出

戦ひに征く心持て月曜を寒き会社へ気を締めて発つ

業績との戦に疲れ帰る夜にしみじみと聞く昌子の演歌

企業の中で

我が性は企業人には向かざると惑ふ心に夕の
冷え増す

生真面目に働くは悪はつたりで利益上ぐれば
良き企業人か

減益を説きたる後の初賞与笑む新人の両手に
渡す

打ち続く残務思へばボーナスも多くはあらず
増えしといへど

製品の機能試験を終へて書く書類に明けのひ
かり射し来る

南京の顧客は我に声荒げ部品の苦情を長々と
言ふ

電話での強き苦情に製品は良しと言ひたり言
葉選りつつ

富士通も日立も昇給延ばすといふニュースの
ありて今朝の花冷え

ゴルバチョフ来日

ソビエトの忽ち近し秋山を乗せしソユーズ空に吸はるる

四島返還の文字の大きく紙面占めゴルバチョフの初の来日迫る

一面に四島返還の文字失せぬゴルバチョフが
急ぎ離日しゆけば

八丁池

君の手の温きに触れし遠き日を想ひつつ佇つ
八丁湖畔

朝の日に光る紅葉の赤と黄を映して澄める八丁の池

白々と靄かすみ来る牧場のふた声高く子馬いななく

紺青の空をバックに塗り変へて深紅に光る修善寺橋は

町長選

湯の町を二つに割りし町長戦同級生原が僅差
にて勝つ

八百の差で原勝つと言ひし吾に奇蹟と抗ふ人
の多（さは）なり

選挙とはかくも醜し負けてなほ中傷ビラの三
度配らる

町長戦は嵐の如し定まれば荒れたる町のたち
まち和む

大学の入試間近き子の部屋に午前三時を灯り
のともる

長き日を迷ひ中大と決めし朝　子は新しきバイク操る

母逝く

リウマチに動けぬ母を傍らに乗せて急ぎのアクセルを踏む

勤めとて動かぬ母を日曜に再入院さす姥捨て
のごとく

餌を待つつばくろのごと口開くる母に食まし
む夜（よ）を黙しつつ

朝四時とカルテに刻の記されゐて我を呼びし
や臨終（いまは）を母は

母の死を軽く言ひ来しヘルパーの電話に暫し言葉返せず

病む父が「すぐに行くぞ」と声高め母の柩の釘を打ちつぐ

核ミサイル

平成四年

アメリカに向けて二万の核尖る廃棄資金の無き大国に

尖り立つ核ミサイルをさらしつつ横手なぶりの吹雪強まる

空にらみ核高々と尖り立つ廃棄資金を持たぬ
ロシアに

核管理失せて残りし核二万人為暴発の危機強
まらむ

※

手術する人らうつろに待つ朝を我も一人となりて並びぬ

冷ややかに医師に急かされ身を重く鼻の手術の椅子に座りぬ

国策

平成五年

田を荒らし働かざれば血税より補助金出ると
ふ大国の果て

国の補助に父が植ゑたる檜なり大樹の今は売
れぬ世となり

三十年前一万円にて売れし樹が今は売れざり
四千円にても

国策を信じて父が植ゑし木は林となりぬ売れ
ざるままに

北欧にて

谷口が転びし無念を思ひ出で会議終へたるバルセロナ発つ

有森の銀の笑顔を思ひつつネオンあかるきバルセロナ見つ

零下五度とビルに標示のヘルシンキ夕べの地
吹雪頬を刺しくる

真白なる雪に埋もれしヘルシンキ広場にバス
の轍の繁し

ザトペックの陸上制覇を思ひつつ歩道の雪を
踏むヘルシンキ

北欧の小国に来て堂々と円にて高価な土産購ふ

ロンドンを発ちし機内に暴落を知ればポンドの残額数ふ

五日目の会議の苦情に答へ得てやうやくを発つ晴れし心に

減益

減額を詳しく説きし社長訓示賞与袋にたたま
れてあり

減益に工場長は減給を管理者我らに重く切り
出す

株安の報を聞きたり白々と凍りし車のガラス
擦りつつ

明日からの会議を控へ日曜に厚き書類を再び
めくる

製品の品質問はるる会議への道は凍りぬ風が
頬刺す

製品の苦情の問ひに答へ得て気づけば窓に夕日傾く

定年をあと七年と心待つ我は企業の戦士にあらず

恙あれど

東京に住める娘に似し人を見る筈もなき駅に
見掛けつ

出張の寸暇に掛けしテレフォンに就職したる
娘（こ）の声弾む

故郷の田畑を守るわれに子は後を継がぬと事もなく言ふ

神妙なる顔せる列に資料持ち医療控除の受付を待つ

二百枚の病院の領収書をかたく持ち医療控除の列に並びぬ

医療控除の書類に印受けやうやくに二十万円の税金還る

改革法案

平成六年

都議選に新党二十の議席得て熱気の中に細川語る

首相候補に決まりし朝を細川は軽井沢にてテニスしてをり

立ちしままペンにて記者指す細川の会見の姿
これぞ改革

改革の今年成らねば責取ると語尾明快に細川
答ふ

短期との声世にあれど細川に七割超ゆる国民
の支持

細川と河野が固く握手して改革合意す午前一時に

改革に賭けしか細川法案の兎も角成りて頬をゆるます

退職勧奨

七割の企業が出しし高年者の退職勧奨我が社
にも出る

加算金数へて雪の積もる夜半退職に我の心傾
く

居残ると決めて心の定まりぬ退職募集の期限
午後五時

我よりも若き課長の退職に暫し返せる言葉の
あらず

返すべき言葉すらなき退職に別れを惜しむ友
前にして

二割もの転課の社命ありし夜に部下四十人の
名簿をめくる

あと二人の部下削減に迷ひつつ寝就かむとき
を窓に降る雨

訪日を突如やめたるエリツィンに二島返還又
も遠のく

四島は議題になきと報じゐてエリツィン自我
の鼓舞のみに来る

母の忌

朝四時を逝きにける母臨終を診するなきこと
許させ給へ

寝ねしまま痛みに耐ふる母の面瞑(つむ)れば浮かぶ
菊香る忌に

雨の日は痛み激しと目に告げし母蘇る眼閉づ
れば

留学

たつた今離陸をせしと子を送る妻が電話にこ
ゑを弾ます

電話より交りて離陸の音震ふ豪州留学に子は
ひとり発つ

子の乗る機見えなくなるまで送りしと成田の
妻の声落ち着きぬ

シドニーに無事に着きしと子の遠き声の弾め
り雪の降る朝

ホームスティー

自民・社民の政権ゲームの続く日々暑さは民
のストレスを増す

山深き我が家を訪ひ来しカナダ人「ナイスホ
ーム」と声をあげたり
大声に笑ひ語れるリタさんが我が家にひと夜
の福を運べる

受験再び

平成七年

高値ゆゑ店に残りしエアコンを長き思案の後に購ふ

列島の猛暑の記録変へし日よ天竜は遂に四十度超す

三時間かけて着きたる試験場老若男女の熱気
が溢る

久びさを心地よき緊張覚えつつ衛生管理者の
受験待ちをり

子と妻と

学び舎を都に決めし末の子が就職のこともつ
そりと言ふ

末の子もつひに都会へ就職す空きたる部屋の
寒ざむとして

春の雨あがりてやはき落葉踏む我を急き立て
綱を引くポチ

望みゐし旅行の仕事に就きし妻発ちゆく背な
に朝日かがやく

添乗の夜半の電話に我が食をいくたびとなく
確かむる妻

旅を売る職の苦楽を人情を妻は知るらしこの
一年に

転社

三十年品質管理の職を成しそを活かせとに心
を定む

新しき会社を作るに手を貸せと内示を受けたりけふは大安

我が社の名「ティー・シー・エス」と決まりたり名札をドアに固くはめ込む

新会社いま設立すとの上司の辞凜と響きぬ晴天の下

心地良き汗滲み来つ五千歩の暁（あけ）の山路を歩み
来たれば

赤々と光広がりゆく山路歩を止め明けの明星
仰ぐ

再町長選

わが友の原が得し票僅差なれ一瞬ざわめき万歳の声

壁に貼る大書の「当確」目凝らせば堰切れしごと挙がる万歳

六千の票得て二期目を決めし原感極まりて涙を零す

やや不利の世評に勝ちし票の差はまこと僅かの百五十三

百五十三の僅差で原が遂に得し二期目の重き町長の座を

台北　他

乾隆帝が使ひし香炉のうす紅の光が暗き部屋に漲る

幾年を彫りし象牙の天女像細き目尻の顔の美し

根こそぎに太きゴムの樹倒したる嵐の過ぎつ台北の朝

魚雷に穴を明けられしまま「霧島」は暗き深海に座せり幾年

千米の底に沈みし軍艦の舷にくすみし「あ」の文字浮かぶ

身辺

適任と古き言葉を並べ立て区長役迫る役員ら来て

大役を断るすべの失せしまま寒夜に区長を遂に受諾す

三晩かけまとめ上げたる医療費の控除申告書をおもむろに出す

医療費の還付決まりし税務署の窓にまつかな
夕日みなぎる

愛（まな）娘逝きしを告ぐる叔父の声受話器に細し吐
息と共に

父逝く

痛むのは予ての癌と医師は告ぐ聞えぬ父を前にして吾に

時折に胸の痛みを言ふ父にことば秘めもちその箇所を問ふ

「薬にて治る」とメモを呉れし医師に幾度も礼（ゐや）す聞こえぬ父は

肺癌の進みてゐるを言へぬまま見てをり草引く小さき父の背

寒々と窓白み来る病室に意識うすれし父の手握る

夏草を引きゐし父の姿（かげ）のたつ庭に打ちつく忌中の棚を

草取りし父いまさねば庭隅に草の繁りて暑さ
いや増す

背を丸め草引きをりし父想ひ庭に伸びたる草
引く我は

娘の婚儀

平成八年

娘(こ)を包む白きドレスにさんさんと紅葉に紅き朝日が注ぐ

教会の鐘の音(ね)山に鳴り響き白きドレスの娘が綱を振る

ままごとをしてゐる心地か娘が夫とバージンロードをしづしづ歩む

子の帰国

豪州に一年住みし子の声を夜の電話に逞しと聞く

三十日後に帰国決めしと子の声が雪溶けし夜
の電話に弾む

子の帰る日を指折りて待つ夕べ春一番がわが
窓鳴らす

桃色に染まりし桃の花見あぐ　子の帰国日の
いよよ近づく

シドニーを子が発つ刻ぞあと二分見上ぐる空は真青(まさを)くも晴る

雲一つ無き朝空を今まさに子がかへりくる留学終へて

一年の留学終へし子がドアを開けて入り来つ笑顔湛へて

スマイル

白き歯の更にま白く銅メダル手に有森のスマイル光る

勝つといふ気持が不足したりしと田村が語る弁さはやかに

余りにも過度なる期待のマスコミに負けしか
水泳の若き選手ら

大戦の罪

平成九年

ガダルカナルの土に溶けざる兵の骨掘れば今なほ次々と出づ

止め処なく闇夜貫く大砲を剣で攻めよと誰か令(くだ)しし

アメリカの火砲に銃剣一つにて突撃せしめし
令の愚かさ

大戦に負けしを良しと事なげに帰還したりし
老はつぶやく

人肉を食べしと重く口開く老帰還兵をり半世
紀経て

人体に細菌兵器を試ししとなほ世に暴くマスコミの罪

眠る子を探すが如し証し無き石井部隊の人体実験

違憲との声民にあれ潑剌と司会する自衛官に心安堵す

ネクタイをきりりと締めて高らかに女性自衛
官がクラリネット吹く

自衛官の一糸乱れぬ楽奏を飽かず聴きゐる胸
つまらせて

酸性雨

文明の美名に竣（な）さむ橋工事土手の彼岸花の跡形もなし

真茶色の土を広げて草花を消して堤防の重機の唸る

酸性雨降りて又鳴るPHの監視装置の音けたたまし

酸性雨ゆゑか斜面の松林緑残さず赤く枯れをり

省エネルギーせよとテレビの勧める夜クーラー止めてうちはに替ふる

温暖化防げとCO2削減をテレビは言へり夕べも今朝も

座礁船より伸びる汚染の原油地図いともた易くミスと報じぬ

くぬぎ

椎茸の価格破壊を知らぬげにくぬぎ伸びたり
幹太々と

転換に植ゑしくぬぎの太き根の傍へに蜜柑園
の配管光る

刈り終へし草に座れば草の香の甘く漂ふ夕映
えのなか

金の世といへども金に代へ難き自然が緑が我が山にあり

柿園の草刈り終へし夏の夕眼に沁む白き山百合の花

雑草に囲まればぽつと咲く百合の白き花映ゆ朝の光に

時の過ぐ

平成十年

昨年は八百万円出費すとメモ読む妻の吐息は深し

娘の嫁ぎ父の逝きたる年早し寄る高波に流さるるごと

子ら三人六年振りに帰り来て椅子の足らざる食卓囲む

出産を控へし娘の里帰り久びさを弾む妻との会話

長雨に忽ち茂る夏草を引く父のはや在さぬ庭に

初孫さくら

祖父われに抱かれ庭に目を向けるさくらは未だ見えぬその眸（め）を

まだ軽きさくらを抱けば赤き頬甘く匂へりミルクの香り

六月（むつき）後の五輪目指して朝なさなダンプ行き交
ふ長野の市街

地の底に無人発電機を響かせて科学駆使せる
高瀬のダムは
日々を思ふ

隣家より聞ゆる如しロンドンに着きしと妻の
声の大きさ

南支那に転戦せしとふ声若く父より聞きしも
昨日の如し

部長との創意の差異を思ひつつ一人湯を浴ぶ
北陸の宿

晋作の偉才育てしこれの地か松下村塾余りに
小さし

大本営移すと掘りし地下壕に戦時の狂気今も
残れり

地平まで稲穂の続く加賀平野観光客われのバ
スひた走る

「貸店舗」と墨くろぐろと紙貼らる昨日昼餉
を摂りたる店に

大学を卒(を)へたる息子に職のなし　真夏を寒き
雨降りつづく

重き荷を降ろすが如し三人子(みたりご)が学終へ職に就
きたる現在(いま)は

宗谷岬

平成十一年

稚内の小さき店舗にレジ動く我が社のマーク
赤く光りて

宗谷岬を見下ろすホテルのフロントに我が社
のロゴのレジスターあり

マイナス二度と電光板の文字光り宗谷の雪の
風が頰刺す

土壌汚染

肥料にも汚染物質ありしとふ暮らしを昔に戻
す他なし

モルモットを殺せる量のダイオキシン我ら大
人に溜りしといふ

土壌汚染の叫ばるる世なれど我が畑は肥えし
みみずの幾匹も這ふ

唐突の地震の熄むを待ちゐつつ裏山の崖の崩
れ恐れつ

道のなき甲斐奥山にダム建設の重機のありて
岩崩しゐる

年は過ぐ

原田選手のジャンプの涙を映しつつ感動の年
は静かに暮るる

赤壁のホテル浮かびぬ瀋陽の若き女性との話
弾めば

子の遅き帰宅を待てる親の情いま知るわれに
母のおはさず

唐黍の畑なりし地にビル聳ゆ通ひし野道　学
舎への道

子は医師になりしと鋏に力込め理容店主は淋しく笑ふ

わが代にて終る床屋と老店主訥々として思ひを語る

再び台北へ

忠烈祠の衛兵若し振る腕の音をぴたりと合せて進む

日本統治の蒸気機関車そのままに飾られゐたり台北の駅

日にちを平和に狎れし日本に不安湧き来る台
湾に来て

兵役を終へし台湾の若者ら国守りしと胸張り
て言ふ

余りにも平和に馴れし日々ゆゑか驚くは北の
ミサイル発射

紀元前十一世紀とふ文字黒くいまなほ光る青銅の剣（故宮）

賜ものとして

功ありと表彰状を読み聞かす社長の前に心の震ふ

玄関のチューリップ赤く咲きてをり残業終へて帰りしわれに

真黄となるみかんの消毒なしゐつつ継ぐは無からむ子らを思ひぬ

五臓まで洗はるるごとし消毒に濡れ来て昼の湯につかりをり

ぴつたりと足に合ひ来し地下足袋を捨て難け
れば破れしを履く

足に合ふ地下足袋履けば忽ちにストレスの消
ゆこの一週間の

何事もなくて寝過ごす日曜の妻の寝顔を眺め
て楽し

「ぢぢぢぢ」とわれを言ひ指す孫となり思ひ
出だすも楽しきひとつ

中国行

平成十二年

二千年の眠りの覚めし兵俑の深き眼（まなこ）の鋭き光

秦軍の破竹の勢ひ見る如し跪射兵俑は鋭（と）き目をみせて

水道の水を飲むなと中国へ出張の朝妻の言ふなり　（広州）

ルームキーの具合問ひ来しフロントの電話へ咄嗟に出でこぬ英語

喧嘩せる如くに弾く広州のホテルのロビーに聞く中国語

広州の田舎は牛馬と人が住み都会は電話片手
に若きらが行く

黒々と濁る川辺の井戸水を喉鳴らし飲む広州
の男

石炭の発電なりたる広州は快晴なるも陽は暗
くさす

でこぼこの車道をゆけば幼日のわれが育ちし
村をば思ふ

赤縞の腹をゆらせる蝮指し夕餉はこれぞと選
る中国人

鎌首を屹と擡ぐる蛇を指し昼餉を決むる中国
女性は

広州に会議を終へて取り合へる若き社長の手
の温かさ

濁声

人の住む北の市場の濁(だみ)声につられて買ひぬ蟹
の二盛り

石退けて父と掘りしを思ひつつ粘り増し来し
山芋を擂る

空襲の航路にありし伊豆の空今日は光りてジ
ャンボ機が飛ぶ

幾世代の暮らし変はれど我が家を見下ろし続
けて咲く大桜

家を継ぐ

人の為より楽なる道をといふ主張淋しみて聞
く激論の後
家よりも己が自由に羽ばたけと子に教へしは
われにしあれば

家継ぐが務めならずと子に言ひし自らを悔ゆ
風寒き夜

定年

苦情処理の日々が脳裏を過ぎりゆきわれの定
年明日に迫り来

五十六歳課長を退きし四月一日遅れし桜のや
うやく咲きぬ

役職の定年の朝部下たちに机移さる窓の近く
に

「もう定年？」と近所の人ら問ひにけり未だ
明るき夕べ帰れば

肺炎を病む

平常はここが黒きと真白なる肺の写真を指し
て医師言ふ

突然の入院となり未完なる資料を思ふ高熱の
なか

高熱の下がり明るき病院のベッドに気付く暁の雪富士

熱癒えて目覚めし夕をドア越しに妻の焼きゐる鰻の匂ふ

深海にま黒き岩と化ししまま大和は固き貝に覆はる

（軍艦大和）

五十四年経ても戦時ぞ海底の小暗く大和に貝
へばりつく

海深く岩かと紛ふ黒き塊うつすら浮かぶ菊の
紋章

ＩＴ

平成十三年

ＩＴに力注ぐと森総理言ふに立ち読む「パソコンの基礎」

「千代田生命」突如破産すインターネットはトップニュースに

製品の大き苦情のファックスをドイツより受けし夜もありにき

英訳し遠くドイツに答へたる夜半を恋ほしむ若かりしかな

或日に

かなかなと時恋ふごとく山峡を揺るがし啼ける
あまた蜩

真陽を受け紅鮮やかに咲き盛るフェイジョアの香の甘く漂ふ

武士（もののふ）が覇を争ひし犬山の城高々と秋空に輝る

騎馬武者の傷癒やししかし甲斐下部湯の香溢る
る道登りゆく

（富士川）

富士川の流れ狭まり我が一人乗りし電車の峡
登りゆく

長雨に光る菖蒲の深き藍陽に輝きて子の婚決まる

披露宴を終へて仰げる夕富士は真青なる裾長ながと曳く

流星

平成十四年

一閃の光残して流星の消えたる空の忽ちに冷ゆ

長きあり短きもあり流星の光冷たく天を切り裂く

一閃の残像なして流星の暗く澱みし天を切り
裂く

突如湧き消えてまた湧く流星の収まりし後の
天の静もり

退職

抗ふを止めたと言ひて手を振りて職場去る友
我より若し

勧奨のちらしに添へて退職の金額書かれしメ
モを渡さる

退職金の加算の額の書かれあり軽く小さくメ
モ一枚に

十六夜の月の明かりに海棠の花しろしろと舞
ふ夜にして

お前もか！退職前夜の集会に参加する友目に
数へたり

最後なる勤めを終へし夕刻の社の門を出づ花
束もなく

傘の手に吹き来る雨の冷ゆる夕けふを最後と正門を出づ
（退職）

二〇〇二年四月一日晴れ渡り第二の道のスタートとせむか

伊豆市誕生

平成十五年

とめどなく岩の狭間に湧く水を集めて川の音
やはらかし

修善寺の町の名失せる三町の合併協議会遂に
成りたり

我が伊豆市の誕生けふを祝はむと鳴り渡りたりしやぎり和太鼓

枹に打つ男の法被のはだけたる胸に幾筋汗の光れり

祝典の終へたるのちも残りたり男ら打ちたる太鼓の余韻

北の果て

涼風の霧の中より吹き上がる礼文の山にはまなす匂ふ

荒波の砕くる崖にへばりつきあさぎり草のしろじろと咲く

樺太を隠して黒き雲低し北風寒きスコトン岬

頂の切り立つ富士のかげ映し利尻の海はけふ
静かなり

「いづこにも湯が噴きいでて」と茂吉詠みし
西の河原を素足に歩む

雲低く垂れゐて暗き波寄する海の遥かに北鮮のあり

拉致

平成十六年

眼の奥にかたく不安を閉ぢ込むる蓮池夫妻かタラップを降る

あどけなさ目には残せど拉致されし人らは面に皺をきざめり

顔中を涙に濡らせしつかりと曾我ひとみさん
老父を抱く

父母にさへ拉致の非難を言へぬまま五人に辛
き滞在決まる

中国桂林行

垂直に切り立つ岩の壁かすめ舟は漓江の早瀬
を下る

うつすらと白き煙の立つ小屋に少数民族の少
女が見つむ

強き流れぐつと塞き止めひたすらに草食み合
へる水牛二頭

ゆつたりと流れに浸かる水牛の親子が青き草を分け合ふ

真昼日を肩に光らせ金色の南海大仏大地見下ろす（南海市）

師を憶ふ

やうやくに手をば握りて師がわれに伝へたきは何　風荒ぶ夜

守山の澄みたる冬の空高く鳶の一羽が円を描ける

我が歌の非を一心に説きましし師は微笑めり遺影の中に

歌会（うたくわい）の部屋に静もり咲く花の真中に若き師の笑み給ふ

師の言の耳を離れず枕辺の細き灯のもと『守山』を閉づ

月あかりほのかにゆらぎ木蓮の光りて白きひとひらが舞ふ

眠らむと焦つに夜半のしんしんと冷え来て遠くサイレンの鳴る

還暦

やむなくも伐りしみかん樹の根の堅くいまだも保つ朽ち葉の中に

蝮の尾踏むを咄嗟に躱し得て仰げば空の真青にも澄む

壁を這ふ蛇にあはやの夜（よ）もありき子つばめ五羽が今朝を巣立てり

平穏の今こそ幸と掌（て）を締めて村の神社に打つ初太鼓

前のみを向きて来りし六十年ゆくらに雁が並
び飛びゆく

過ぎ去りし春夏秋冬山を谷を越え来たりけり
この六十年

群竹の葉擦れを聴かむ還暦の今朝の日ざしを
眩しみてをり

山の上に登れば青き海あると信じゐたりきわが幼年期

友高橋の訃

利き腕を捥がるる如し早朝の電話は伝ふ友の事故死を

早朝にはかなる友の訃を聞けり弥生一日春となる日を

呆然と受話器を置けばわがめぐり幻のごと消えて真白し

高窓の風冷え来り語彙一つ直しては書く友への弔辞

わが問ひに答ふるごとく目を細め遺影の友の
ただに明るし

春冷ゆる朝（あした）を君は眠りたり胸に礼文の花香ら
せて

昇りゆく友の煙の白き秀（ほ）が真青き空にやがて
溶けゆく

父母よりも想ひの深き友なりき四十年の長き縁（えにし）に

悲しみの極まる境を越えしかば失せゆくものか我のこころに

風吹けば北に靡きて穂を垂るるすすきの原に夕闇迫る

退職を共に迎へし君はいま悲しみのなき世に
先発たむ

友の忌

群竹の葉擦れの音のなほ止まずけふ高橋の四
十九日忌

差し初むる今朝のひかりは明るけれいまだも
われの心は曇る

事故死せし友の釣り場の大き岩増えたる水に
けふは隠れつ

花散れど終ることなき美しさ風に葉桜ゆらぎ
やまざる

燃えたつる如きくれなゐ彼岸花が真昼の畑の
傾りを埋む

富士登頂

朝の日を目元に赤くかがやかす妻と立ちたり
富士の山頂

黒雲を退（の）けて幾筋差し来たる御来光を待つ妻
と並びて

再びはなからむこの朝還暦のわれは山頂踏み
しめて立つ

光彩

満月に勝る真赤き光(くわう)放ち火星現る東の空に

六万年の光集めてあかあかと火星昇り来ひがしの空に

手に受くる雨一粒にエンジンの音を早めて稲
を刈りつぐ

生るるあり流るるもあり消ゆるあり眺め飽か
さぬ雲の移りは

失ふが常の世なりと思ひつつ止むとしもなき
夜の雨聴く

屋久島へ

平成十七年

深山（ふかやま）の霧よりゆくらに顕れて樹肌は厚き壁のごとしも

谷深き山の傾りに張りつきて天を突き立つ屋久島の樹々

七千年の重みぞこれと語るがに高枝（え）を鳴らす山の風の音

古き世の何を語らむ黙し立つ縄文杉は神々しかも

七千年の古杉にその名「縄文」を付けしは僅か百年前とぞ

徐ろに晴れくる霧の真中にて肌荒あらし縄文
の杉

分校の跡なる礎石に苔のむし古樹守りし人を
偲ばす

狩野川台風を想ふ

浸かりたる水に膨れし級友の熊谷の面未だ忘れず

自衛隊のヘリの舞ひ立ち降りるさま狩野の河原はさながら戦時

目瞑れば川辺の棺に膨れたる友の顔見ゆ昨日のやうに

幾すぢの荼毘の煙が空狭め昇りゆきたりあふぎ見てゐき

朝の陽に輝く高き橋の下水流るれば彼の日迫り来

流れ来し樹の枝（え）曳きずり川原に友を探しし幾日ありき

流さるる家族五人を演じゐる子らの台詞の語
尾は鋭し

この川に幾百人が呑まれたることすらすでに
話題とならず

夜の電話

約束を違へられたる夜の電話自づとわれの声の荒らぐ

憤り消えざるままに受話器置きしばし聴きをり花季(どき)の雨

声強め言ふも伝ふる得ざりしはむなしかりける思ひの残る

遠くなり近くにもなり群竹を揺する風聞く耳冴ゆる夜を

診察室の暗き窓辺の水槽の隅に金魚のぢつと動かず

我が性に似たる娘（こ）なればなほも問ふこともな
らぬか一途さゆゑに

か細かる手さへ握れず逝かしめし母の夜明け
もかく白みゐき

遠き世に逃れ来しとふ我が始祖の欠けて読め
ざる墓碑銘なぞる

会津へ

平成十八年

黒松の根方を裾に僅か見せ飯盛山は霧に覆はる

「三泣き」と民に伝はりその一つ白虎隊士のかの自刃とぞ

隊士らが遥か見し城けふここに仰げば光る鯱の金
（鶴ヶ城）

雨風が神の技とて彫りし岩「塔のへつり」と民の呼びけり

急カーブ曲り展けるパノラマの真中に映ゆる七色の湖
（五色沼）

学舎の窓に仰ぎし城山の巌は今も変らず白し
城山に登り見下ろす河の辺に立つは辞めたる
我が社の看板

雪原の町

すつぽりと峰を覆へる雪暗し国後島は波間に
霞む

アムールの大河に生れし流氷の白き帯見つ海
の果たてに

片仮名と英語も混じる看板を仰ぐ人なしウトロの町は

一年を限りて教ふとわが来たる企業は深き雪中にあり

降下する翼の下に現るる山なだらかな千歳のみどり

「コスモスの街」と看板立つ駅にコスモス咲けり風に靡きて
（滝川駅）

説く毎に否と返せる若者に声荒げをり気付けばわれは

ＩＳＯの審査を終へて振り仰ぐ空に真青き風の渡れり

熊野古道

平成十九年

語り部の嫗の頰を染めて燃ゆ広き民家の囲炉裏の炎

二年前火事に遭ひしと目を伏せて語る嫗は茅葺に住む

先人の思ひ重ねて千年の杉の樹間に踏む石畳

千年の杉の鼓動を手に胸に聞きつつ登る石の古道(ふるみち)

岸壁に船をあはやと思はせて早瀬早瀬の瀞峡下る

暦

平成二十年

「省エネ」の指導料とぞ手にとれば頰の緩みぬささやかなれど

定年を過ぎてなほある忙しさ健やかなれば幸ひとせむ

日曜も審査を請はれ乗車せむひと月六十日の
暦が欲しい

「最大積載量は会社次第」と書かれたる大型
ダンプが我を追ひ越す

音たてて帰り来れる白船に朝日輝く焼津の漁
港

福竜丸の名の今もあり桟橋の波に揺れゐる船体白く

雪

平成二十一年

悲しみの継ぎ目はあらず真白なる雪の原野の鉄路を走る

雪原の輝く見れば飲めざるもけふは地酒に酔ひ痴れて見む

唇に触るる粉雪の冷たさを心地よしとて五稜郭巡る

明日香

軋みゆく荷馬車の音に重なりて時に高鳴る竹擦れの音

（石見銀山）

鬼の面鬼の俎板鬼石と鬼の里なり明日香の村は

雲低く暗める空のもとに立つ蘇我馬子の邸宅の跡

草を分け覗く墓石に焚く香の煙ま白く真直ぐに昇る

秋風

平成二十二年

一山の半ばを占めて揺らぐ竹「売り地」の大き看板近く

五指広げ摑まむとすれ摑めざる一つものあり秋の風沁む

診断書に膝骨壊死と書かれあり冬の夜の風が
心を叩く

打ち並ぶ製紙の町を歩むけふ眼に煙突の煙少
なし

荻島さん逝く

ほとばしる強さのままに君逝きぬ筆文字の
「笑顔」と笑顔残して

動けざる身に打ち克ちし書を残し邦子さん逝
くさくら散る日を

ふるさとのさくら散る日に君逝けり口にて書
きし「笑顔」残して

筆を銜へ色紙に書きし太文字の明るかりけり
「笑顔が大事」

筆を銜へ書きたる君の文字躍る「人間として
のプロになりたい」

リハビリの一万日を終へし日の君の写真の笑
顔うつくし

夢持つは人の務めと笑顔なき我を即座に叱りたる人

肺炎を病む

この白き霞が肺の炎症と事務的にして医師の指さす

ＣＴの肺の白さに唖然とす明日出張の予定よ
いかに

三十七度六分に下がりカーテンを引けば眩し
も五月朝空

地震の島

平成二十三年

かの地震（なゐ）に揺らぎし島か茂る樹の下まで波は迫りてゐたり

（淡路島）

渦巻ける潮を避けて迂回する来島海峡波の静けし

夕闇の瀬戸をか黒く潮うねり逆巻くさまは大河の如し

波遥か雲かと紛ふ霧のなか対馬列島黒く横たふ

秀吉が焼きし寺とぞ石段を登れば夏の暑さ残りぬ
（佛國寺）

またの日

二十歳なる君の素顔の眩しさの目に新たなり
秋めく今も

高らかに詠ふ歌欲し　満天の空に二つの星流
れたり

大津波

海を巻き家並転がし迫る波宙（そら）の彼方にわれは
ゐるごと

一瞬に瓦礫と化しし街中に横手なぶりの雪降
り止まず

三十九メートルの高さに津波の跡あると映し
出さるる凍れる朝を

大津波の支援を告ぐるテレビ見つ　中国・ロ
シア・北朝鮮までも

五百キロを隔ててをれど我が家の暦浮かせて
壁のなほ揺る

ありし家も瓦礫となりし原に立ちみじろぎも
せず農夫の影は

天の橋立

迫り出せる松の緑に沿ふ道の砂踏みゆけば松
籟の音

橋立の松の根方に洩るる陽が家持の歌碑明るくも見す

松籟の音心地よく妻と踏むペダルは軽し橋立の道

冬の里

平成二十六年

古納屋の屋根に積りてゆくならむ止むとしも
なく夜半を雪降る

音潜め重たく雪の頻(しき)降る夜(よ)　目覚むれば遠く
竹割るるおと

電柵に感電せしか猪の悲鳴が高く夜を徹り来

猪が餌(ゑ)を探ししや電柵に沿ひて二頭の足跡続く

一夜さに庭を埋めたる積雪を掻くさへ難し伊豆人われは

早暁を啼く鴉ゐて旅の日に聞きし呼び込みの濁（だ）み声思ふ

男にも負けず榾木を負ふ母の傍へにをりき手を引かれつつ

バスタブに涙流しし夜もありき職責重きアメリカ暮らし

春を手に

不揃ひの石を積み上げわれの手に成しし石垣
春の日のなか

ゆとりなき日々なれば晴るる束の間を妻と芋
植う柔き畑に

井戸掘りの作業を身振りにわれに説く老職人
の青森訛り

高評に品質審査の終りたりあかき夕日が部屋
に差し入る

品質の管理に尽くしし功績と社長ゆ賜ふ賞重
かりき

胸ぬちにわれのみの知る光あり企業人なる我の人生（ひとよ）に

戦場に臨む心か二首をもて身をば晒せりけふの歌会に

歌なるは揺るる心の鏡なり欲するは直に密度濃き歌

歌の良き悪しきを言はす師の言葉霧消るるご
とわれは聴きをり

高空に欅若葉の緑伸ぶ風にひと葉のゆらぐと
もなし

著者近影

あとがき

　私の人生の一つの区切りとしてこのたび第一歌集を上梓することになりました。上梓にあたり、温井松代先生には大変お世話になり、自選の中から五百二十七首もの多くを見出して頂き、同時に、歌集名は、「篁の風」を頂きました。私の自宅のすぐ裏に竹林があり、春夏秋冬、日夜を通じて、その葉擦れの音や竹擦れの音に、心を揺らせてきた暮らしと思いがあるだけに、極めて身近に感じ得る集名であり、心よりありがたく思っております。

　思えば、私が短歌に興味を持ったのは、遥か過ぎ去った高校時代からの数年間であり、全く知識がないままの自己流で、石川啄木の歌集を読み、諳んじ、新聞紙上へ投稿して自己満足をしていたことに遡ります。その後は、二十年間疎遠となり、四十歳を過ぎてから再び興味を抱き、「菩提樹」の同人、日比谷洋子先生が指導される修善寺の日日短歌会へ入会させて頂いたのが始まりでありました。

私は、昭和十九年三月に、旧修善寺町大沢に生れました。大沢は母の実家でもあり、当初、函南町塚本へ嫁して兄を出産した後、夫が三十一歳で戦死し、戦時中故の止む無い事情から、泣く泣く兄を残し、身籠っていた私を実家で出産したということを、中学生の時に初めて聞きました。その後、同じ村内で隣家でもある、現住所へ、私を連れて再嫁致しました。当然、私は、物心ついたときから、養父を実父として、生活は貧しいながら田舎故に食べるものには何不自由なく育ちました。家業は農家であり、米穀を作りつつ、椎茸専業農家として、幼時から父母と一緒に山や田畑へも同行し、汗を流すことの尊さを覚えました。

中学校は修善寺中学校でしたが、忘れ得ない昭和三十三年九月二十六日夜、当地を襲った狩野川台風によって、中学校は、グランドにあったバスケットのポール一本を残して跡形もなく流れ去りました。校舎やグランドがあった場所の変り果てた真茶色の河原が、今も脳裏に焼き付いており、その後、犠牲になった同級生の捜索などに幾日を費やしたことも今なお鮮明です。

高校は、沼津工業高等学校へ進学しました。母は、農業を継ぐことを強く希望し、養父は大学へ進学しても良いと言ってくれましたが、決して楽ではない家計を思うと、進学は望むべくもなく、就職を前提として自らが選択した高校でした。そして、高校卒業と同時に、迷うことなく地元大仁の旧東京電気株式会社、現東芝テック株式会社へ入社しました。

入社以来の三十年間は品質管理の道を歩み、後年の十年間は、環境保全の職責でした。三十代後半から四十代は、それこそ超多忙の時期であり、管理者になってからは、毎夜十二時頃迄の勤務が日常であり、休日である筈の土日のほとんどは、会社にいたというのが実態でした。そのような会社生活の中で、特に印象深いのは、製品品質にかかわる多くの出張の中での海外出張の経験でした。アメリカや中国、シンガポールや欧州八か国その他の国々への出張は、単なる観光旅行とは異なり、人生の中でも極めて貴重な経験をさせて貰ったと思っています。

家庭生活に於いては、耳が全く聞こえぬ父の老齢と母の長い闘病生活に加え、自身は、農家との兼業である故、休日は鎌を持ち、鉈をも振るい、椎茸、蜜柑の生産、草刈機を操って田畑の草を刈るという多忙極まる生活でありました。会社にてたまるストレスも、汗を流す農の生活が解消の一助になっていたように今思います。そうした日々に歌を詠む喜び、苦しみが現在の自分につながっているのかとも思います。

当時、三人の子供のことは全て妻まかせでした。特に、上の二人の子供には、会社の仕事の多忙を言い訳に学校のことに関わってやれず、今でも大きな後悔となっています。

短歌では、日日短歌会にて日比谷洋子先生のご指導を頂き始めた頃が、会社人生の中でも極めて多忙な時期と重なり、歌会の欠席も多く、進歩のない短歌を単に作っていた時期だったように思います。その後、日比谷先生のお勧めにより「菩提樹」に入会したのが昭和六十年、退会したのが平成十三年であり、この日日短歌会で、歌を通じて多くの方々に巡り合い、交友を得たことが私の人生にとって大きなプラスになっています。

日比谷先生が亡くなられた後の日日短歌会は、平成二十六年四月より、大岡博先生のご縁に繋がる濤声の温井松代先生と君山宇多子様の御指導を得始め、新しい思いでの作歌活動をスタートさせました。この年は、私が古希になった年でもあり、歌集を残したいとの思いが募り、思い切ってご相談した次第であります。その後、温井先生には、大変お忙しい中、私の拙い歌のために、それこそ丁寧に見て下さり、同時に、「濤声」の叢書にも加えて頂き、その上、懇切な序文をも賜り、歌集へと導いて下さりました。又、君山宇多子様にも細部に至るまでのご相談を頂き、本当にお世話になりました。尚、出版に際しましては、現代短歌社社長道具武志様、今泉洋子様に大変お世話頂きましたこと厚く御礼申し上げます。

平成二十七年五月十五日

星　谷　孝　彦

星谷孝彦略歴

昭和19年 3月 2日　静岡県田方郡修善寺町生
昭和37年　東京電気株式会社（現東芝テック株式会社）入社
昭和58年「日日短歌会」に入会、日比谷洋子先生に師事
昭和60年「菩提樹」入社
平成13年「菩提樹」退社
平成15年　東芝テック株式会社退職
平成26年「濤声」に入社、温井松代先生に師事

歌集 篁の風　　濤声叢書第23篇

平成27年7月10日　発行

著者　星谷孝彦
〒410-2417 静岡県伊豆市大沢409
発行人　道具武志
印刷　㈱キャップス
発行所　**現代短歌社**
〒113-0033 東京都文京区本郷1-35-26
振替口座　00160-5-290969
電　話　03(5804)7100

定価2500円（本体2315円＋税）
ISBN978-4-86534-104-1 C0092 ¥2315E